CONCOURS MUSICAL DE LA VILLE DE PARIS
1904-1906

LUMEN

Purushamēdha

[Le Sacrifice Humain]

Tragédie Musicale en Trois Actes et Quatre Tableaux

PARIS
IMPRIMERIE ET LIBRAIRIE CENTRALES DES CHEMINS DE FER
IMPRIMERIE CHAIX
SOCIÉTÉ ANONYME AU CAPITAL DE TROIS MILLIONS
Rue Bergère, 20
1907

PURUSHAMĒDHA

TRAGÉDIE MUSICALE EN TROIS ACTES
ET QUATRE TABLEAUX

Purushamēdha

[Le Sacrifice Humain]

Tragédie Musicale en Trois Actes et Quatre Tableaux

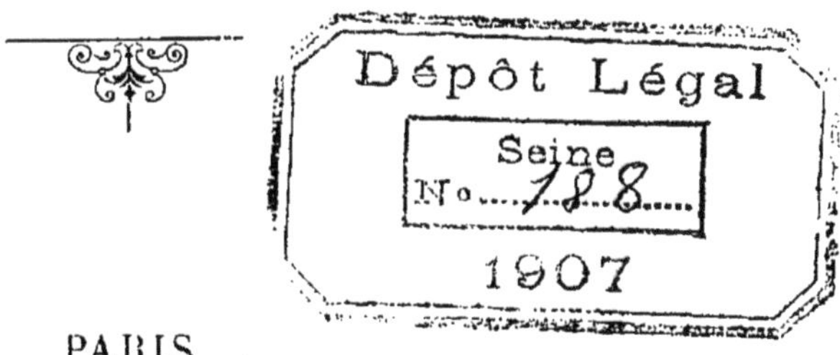

PARIS

IMPRIMERIE ET LIBRAIRIE CENTRALES DES CHEMINS DE FER

IMPRIMERIE CHAIX

SOCIÉTÉ ANONYME AU CAPITAL DE TROIS MILLIONS

Rue Bergère, 20

1907

PERSONNAGES

RAMA, Maharadjah de Mytila.
VIÇVAMITRA.
DAHIR, deuxième fils de Laya.
LAYA, Brahmane.
UN ÇUDRA,
L'ANNONCIATEUR DU JOUR.
TIMOR, premier fils de Laya.
SAHIL, troisième fils de Laya.
ÇANTA, femme de Dahir.
LEILAH, épouse de Laya, mère de Dahir.

SERVITEURS DE LAYA, BRAHMANES ET KSATHRYAS, RADJAHS, FAKIRS, SAINTS, ASCÈTES, PRÊTRESSES, DANSEUSES SACRÉES, PEUPLES DE L'INDE ANTIQUE, ARMÉE MYTILÉENNE.

PURUSHAMĒDHA

ACTE PREMIER

Dans la sylve de Mytila, au temps des épopées ramessides, la riche demeure du Brahmane Laya. Sur le devant de la scène, une terrasse dominant les jardins où des lotus sont éclos dans les bassins de marbre, environnés de bambous, de nymphéas, encadrés de nopals et de jujubiers.

L'aurore brille, les bois s'éveillent tout frissonnants de bruits et de rumeurs.

La forêt est encore endormie. Le soleil a doré la cime des arbres. Dans les branches élevées, les nids s'éveillent ; les oiseaux réchauffés par les premiers rayons commencent à chanter, cependant que la lumière et la chaleur descendent progressivement du haut des arbres dans l'épaisseur encore sombre de la sylve mystérieuse.

Bientôt se fait entendre peu à peu plus sensible — et se détachant sur le fond formé par les vagues rumeurs et les bruissements confus des mille voix de la nature — la montée, la poussée de la terre à son réveil vers l'astre qui lui donne la lumière et la chaleur.

Peu à peu tout s'anime : la forêt, mollement caressée et réchauffée par l'action bienfaisante des rayons du soleil, fait entendre sa grande voix augmentée de l'immense murmure des mille vies qui s'éveillent.

Le soleil paraît enfin.

A cet hymne chanté à l'astre du jour par la nature reconnaissante, les hommes ajoutent leur voix à leur tour.

Laya, recueilli, sort de sa demeure, suivi de Leïläh sa femme, de Timor et Sahil, ses deux fils. A leur suite les serviteurs déférents et pieux envahissent la terrasse.

SCÈNE PREMIÈRE

LAYA, priant, les bras vers le soleil levant.

Flambeau des cieux immaculés et calmes,
Le monde te salue, ô Sourya vainqueur !
Vers toi le palmier tend ses palmes,
Et l'homme tait son cœur.

LEÏLAH, TIMOR, SAHIL, SERVITEURS.

Soleil, Maître du jour, Père de la lumière,
Laisse jusqu'à ton char monter notre prière.

LAYA.

Par les rayons de la splendeur altière,
L'univers fécondé dure éternellement !
La terre vibre tout entière
Sous tes baisers d'amant !

LEÏLAH, TIMOR, SAHIL, SERVITEURS.

Soleil Maître du jour, Père de la lumière.....

LAYA.

O Sourya ! nos âmes éperdues
Laveront nos péchés à tes flammes d'or pur,
Et planeront aux étendues
Sublimes de l'azur !

LEÏLAH, TIMOR, SAHIL, SERVITEURS.

Soleil Maître du jour, Père de la lumière,
Laisse jusqu'à ton char planer notre prière.

Un Çudra, misérable et couvert de haillons, entre sur les derniers mots tandis que
les serviteurs se disposent pour les travaux du matin.

LE ÇUDRA.

Indra, soit propice aux mortels pieux !

LAYA, avec mépris.

Çudra, maudit des hommes et des Cieux,
Ne franchis pas notre seuil vénérable.....

Vers Timor et Sahil.

Mes fils dont le cœur jeune est secourable
Calmeront ta soif et ta faim.....
Puis..... tu retourneras dans la jungle sans fin !

LE ÇUDRA, avec une raillerie hostile, après avoir remarqué l'attitude hautaine des trois hommes.

O Prêtre généreux et grave,
Tes enfants sont dignes de toi,
Je ne demande pas à dormir sous leur toit !

TIMOR, avec colère.

Malheur au railleur qui nous brave !

SAHIL, menaçant.

Vil mendiant prends garde à tes propos !

Le Çudra réprime à peine un mouvement d'indignation.

LEÏLAH remarquant la mâle contenance du vagabond se jette au-devant des jeunes gens. Laya absorbé dans sa méditation, marche sur la terrasse sans rien entendre.

Laissez ce vieillard en repos
O mes fils bien-aimés, le malheur l'accompagne,
Il est sacré.

A voix tremblant de superstitieux effroi.

Dans les plis de son pagne,
Il apporte souvent la douleur et la mort.....
Craignez l'homme qui souffre et le serpent qui mord.....

SAHIL, insolent.

Nos serviteurs te donneront eux-mêmes
Le riz, le miel.....

LE ÇUDRA, fièrement dédaigneux.

Je ne veux rien de vous
Pervers !...

LEÏLAH, s'interposant encore.

Laisse-le, si tu m'aimes.

Essayant d'entraîner ses fils.

Cet homme me fait peur, enfants !

LE ÇUDRA, se parlant à lui-même.

Ces jeunes fous.
Je le vois, ne doivent pas être
Les frères de Dahir le Brave.

LAYA, qui entend ces derniers mots s'arrête, et vient au mendiant,

Qu'a-t-il dit ?
Dahir ? Tu prétends le connaître ?

LE ÇUDRA, ému.

Il a sauvé la vie au vagabond maudit
Sous le banian centenaire
Où les fauves rayés rôdent sinistrement.
Il m'avait dit : Indra, le maître du tonnerre,
T'a guidé vers ce val charmant
Où le sage Laya mon père
A ton malheur sera clément !

LAYA, froidement, bien que radouci.

Dahir est mon fils.

LEÏLAH, entre Timor et Sahil.

Et je suis sa mère...

TIMOR ET SAHIL, insolents.

Va demander l'aumône à notre frère
Puisqu'il t'a sauvé du trépas !

Dahir paraît dans le fond, lassé, le front songeur. Ses parents et ses frères sortent
pour l'éviter.

LE ÇUDRA, pensif.

Leur frère et leur enfant ! ils ne l'aiment donc pas.

DAHIR, triste d'avoir entendu.

Non... ils ne m'aiment pas, bon Çudra dont j'envie
L'humilité calme et la vie ;

J'ai vécu seul.... avec, pour breuvage, le fiel
De me voir abandonné du ciel.

LE ÇUDRA.

Laya ne craint donc pas les Dieux ?

CHŒUR, sourdement dans la maison.

Soleil, Maître du jour, Père de la lumière,
Laisse jusqu'à ton char planer notre prière !

DAHIR, résigné.

Leur âme accoutumée aux murmures pieux
N'a jamais, pour bercer mon enfance farouche,
Laissé monter mon nom de leur cœur à leur bouche...

LE ÇUDRA, indigné.

Et tu n'as pas maudit ton père !...

DAHIR, déférant.

Non, jamais.
Plus il se montrait dur pour moi, plus je l'aimais.

LE ÇUDRA, avec force.

O Dahir, tu seras heureux, je te le jure;
Les cœurs purs ici-bas ont l'avenir pour eux !
Indra vengera ton injure.

DAHIR, avec une ineffable mélancolie.

Je suis vengé, je suis aimé, je suis heureux !
Çanta, chère Çanta ! Vierge aux yeux de collyre
Dont la voix fait vibrer en moi comme une lyre
Ineffable aux divins accords.....
Je laisse à mon amour s'épanouir ton âme
Et rayonner avec des senteurs de cinname
Dans la splendeur antique et pure de ton corps !

Je t'aime ! Et je saurai cette nuit si tu m'aimes
Avec la même ardeur, avec la même foi
Et je n'aurai jusqu'au déclin des soirs suprêmes
D'autre chère idole que toi !

Fanfares lointaines. Le Çudra, qui était remonté un peu vers le fond de la scène, tressaille inquiet ; il va pour explorer la route, il rentre bientôt précipitamment.

LE ÇUDRA.

Le roi de Mytila, la ville aux cent pagodes
Par la forêt gagne ces lieux !
L'éclat m'est interdit du sceptre d'émeraudes...
Et je t'adresse mes adieux.

DAHIR.

Indra te garde, ô mon compagnon, ô mon frère !
Si le destin, jamais, te devenait contraire,
Songe à Dahir qui reste ton ami.

LE ÇUDRA.

Le Ciel ne fait rien à demi.
Nous nous reverrons. Je te dois encore
La vie, et c'est là mon seul bien.
Puissé-je l'exposer pour des jours que j'honore
Et, hormis tout mon cœur, ne te devoir plus rien !

SCÈNE IV

Le Çudra s'éloigne et disparaît dans les profondeurs de la forêt.

DAHIR.

Le Ciel guide les pas de l'homme simple et bon
Et qu'il verse en son cœur
La rosée bienfaisante des consolations !

SCÈNE V

Dahir écoute et perçoit le bruit peu à peu approchant d'une nombreuse troupe en marche dans la forêt. Les serviteurs de Laya sortent par groupes successifs de la demeure. Leurs gestes et leur physionomie témoignent qu'ils aperçoivent une foule qui approche. Des guerriers paraissent d'abord, très richement parés et armés, précédés d'enfants porteurs de présents. Tandis que de nouveaux serviteurs de Laya envahissent curieux les abords de la route, d'autres rentrent à la maison pour y porter la nouvelle... Va-et-vient ininterrompu. Les serviteurs ont aperçu, tout au loin de la route, et reconnu Rama. Paraissent des Hérauts porteurs de trompettes. Ils accompagnent le messager qui précède Rama et qui est aussitôt introduit auprès de Laya. Cris de la foule émerveillée à la vue des bayadères royales escortées de musiciens, musiciennes, jongleurs et d'une multitude innombrable aux étoffes bariolées, aux parures étincelantes. Tout ce monde sans cesse accru envahit peu à peu la scène dans un grouillement et un éblouissement de bruits et de couleurs indescriptibles. Rama paraît assis dans une litière portée par huit esclaves ; il est entouré de ses Brahmes et Princes. Sita est à ses côtés).

CHOEUR.

Gloire à Rama, le grand Daçaratide
Epoux de l'austère Sita !
Gloire à l'archer divin dont la flèche intrépide
A fait de l'univers les biens qu'il hérita !

Laya sort de sa demeure avec Leïlah et ses trois fils. Quelques serviteurs demeurés avec eux leur font une escorte déférente. Ils s'inclinent devant Rama qui descend de sa litière. Laya et les siens se prosternent alors pleinement devant Rama et, à leur exemple, tous les serviteurs. Sur un signe de Rama, tous se relèvent.

SCÈNE VI

LAYA.

Roi ! Sois le bienvenu

RAMA.

Chef vénéré des Brahmes
O sage qui m'aidas à déjouer les trames
De Radana le Cynghalaïs,

Devançant les feux de l'aurore
Pour venir jusqu'à toi, j'ai quitté mon palais
C'est ton amitié que j'implore.

Avec force

Je viens d'être insulté par les Dieux que j'honore,
Je leur avais offert un sacrifice humain,
Le Brahme sacré levait déjà la main
Quand du pilier massif déliant la victime
Ils ont terni ma gloire et m'ont chargé d'un crime.

Effroi religieux de tous.

LAYA.

Qui sera pur, sinon le héros et le roi ?

RAMA

Hélas ! Brahmane, j'ai l'effroi
D'avoir, sans y songer, commis de grandes fautes...
Ecoutez, vous allez me juger. ô mes hôtes :
Noûr, frère de Sita, me suivit un matin
Vers les sentiers tragiques des clairières.
Les tigres ont subi nos flèches meurtrières.
Seuls, nous revenions d'un taillis lointain,
Lorsqu'une querelle subite
Nous sépara dans l'ombre où la vipère habite...
Je revins seul...

LEÏLAH.

Et Noûr ?

RAMA.

Il n'est pas revenu !
Le lendemain nos gens ont retrouvé ses traces,
Les caïmans voraces
Ont surpris Noûr. Car nul depuis ne l'a revu

Moi qui l'abandonnai, ne suis-je pas coupable?

Tous baissent la tête, sans répondre.

A Laya.

Ton silence a pour toi répondu,
Et c'est pourquoi ton roi, tremblant et misérable,
Désavoué du ciel qui refuse ses dons
Aux Dévas surhumains demande leurs pardons.
Pour mon peuple surtout, que brise, en sa colère
Impitoyable, Indra! Sourd à notre prière
Tous, pour moi seul, le Dieu les a frappés!

Avec force.

Des jours de deuil affreux se sont levés
Sur les rives saintes du Gange...
Parmi la pourriture immonde et par la fange
Tombent, meurent et gisent par milliers
Les meilleurs de mon peuple. Enfants, femmes, guerriers,
Vieillards, qu'un mal sans nom terrasse,
Aucun ne trouve grâce
Devant l'épouvantable mort.
Prêtre! Tu m'aideras à conjurer le sort.

LAYA, *grave.*

Viçvamitra, l'ascète vénérable
Dont la hutte est creusée au pied du vieil érable
Pourra seul, lorsqu'il t'entendra,
Te révéler la volonté d'Indra.

RAMA, *à Laya.*

Il l'a fait.

LAYA.

Qu'a-t-il dit?

RAMA.

Un seul peut, ô Brahmane
Racheter mon forfait

Et je viens sous ce toit
Chercher la victime, qui doit
Sur les autels que mon crime profane
Racheter, avec tout son sang, le sang de Noûr!

LEÏLAH, terrifiée.

Je tremble de comprendre!

RAMA, nerveux.

O femme, ma pensée
Est par la tienne devancée.
Pour un de tes trois fils voici le dernier jour!

Furieux, avec force.

Indra veut qu'au pilier que son encens embaume
Le sacrificateur, demain, lie un jeune homme
Saintement élevé par un père pieux,
C'est un de tes enfants qu'ont désigné les Dieux!...
J'ai dit...

Il s'asseoit brisé de douleur. — Épouvante morne de Laya et de Leïlah qui se taisent
sans oser lever les yeux sur le roi. — Rama remarque leur mutisme et s'en
alarme.

RAMA.

Tu m'as juré naguère
Que ta vie est à moi comme celle des tiens.
Regrettes-tu ce serment volontaire?

Rama se tourne vers Timor.

LAYA, étreignant Timor, avec désespoir.

Je le maintiens!
Mais, ô roi généreux, épargne cette tête
Timor est mon aîné. L'âme d'un grand poète
Emplit son cœur prestigieux en qui,
Par la métempsychose est passé Valmiky
Grâce pour lui, qui doit perpétuer ta gloire!
Grâce pour moi qui l'aime au delà de tout bien!

Rama se détourne vers Sahil

LEÏLAH

O roi! Je suis à tes genoux... Sahil est mien...
　　Évite-lui la hache expiatoire.
Il est mon dernier né, mon âme même, il est
Le seul que j'aie, hélas! pu nourrir de mon lait.

DAHIR, s'avançant et simplement.

Nul n'implorant pour moi, je serai la victime.

A Rama, avec calme.

Je m'incline devant ton désir légitime
Et c'est moi qui mourrai demain sur le pilier.

RAMA, pénétré d'admiration et étonné de ce dédain de la mort chez Dahir.

Et quoi, pas un regret?... Enfant! Cœur singulier,
　　Tu veux mourir?...

DAHIR, avec amertume.

Puisqu'il faut qu'un seul meure
Que ce soit plutôt celui-là
Dont la mort aura moins dépeuplé la demeure !

RAMA, interrogateur.

Tu vas me suivre à Mytila ?...

DAHIR.

Mon père m'abandonne et ma mère m'oublie.
Mais avant qu'au pilier le Brahmane me lie,
Permets, Maharadjah, que tout un jour encore
Je vive. — Quand, demain, dans la mer pleine d'or,
Sourya d'un seul bond lancera ses cavales,
Pour franchir des sept cieux les larges intervalles,
Je serai prêt.

RAMA.

C'est bien — Sois libre jusqu'au jour.
O magnanime enfant !

Sévère à Leïlah et à Laya.

En quittant ce séjour
Votre monarque attristé blâme
L'aveuglement coupable de votre âme.
Vous n'aimez pas Dahir ! Ce héros ingénu
Valait mieux que vos cœurs. Vous l'avez méconnu !

*Sur un signe de Rama, les trompettes éclatent donnant le signal du départ.
La foule des serviteurs de Laya acclame Rama. La suite de Rama mêle ses acclamations.
Le cortège commence à se mettre en mouvement. La pompe du cortège se déploie
comme à l'arrivée.*

CHŒUR.

Gloire à Rama, le grand Daçaratide,
Epoux de l'austère Sita.
Gloire à l'archer divin dont la flèche intrépide
A fait de l'univers les biens qu'il hérita.

SCÈNE VII

*Les derniers groupes du cortège ont disparu, mais ou entend encore quelque temps le
bruit de sa marche dans les lointains de la forêt.
Laya et tous les siens sont demeurés tout le temps immobiles sans se parler.
Dahir rompt le premier le silence.*

DAHIR.

Mon père vénérable,
Mes jours seront pareils aux feuilles de l'érable,
Qu'un orage d'été fait voltiger dans l'air,
Bien avant qu'ait soufflé le vent froid de l'hiver...
Adieu, ma mère, adieu.

Vivez longtemps, mes frères.
Indra vous garde tous des puissances contraires
Et qu'il boive mon sang sur son pilier d'airain !

LAYA, sentencieux.

Tout n'est qu'un songe vain !

Rideau.

ACTE DEUXIÈME

—

Premier Tableau.

Un chemin dans la forêt : dans le fond, un carrefour ombragé d'arbres. Le soleil décline, des ombres géantes s'allongent sur le sol, le recueillement du soir gagne les clairières éloignées.

Dans la forêt envahie par le crépuscule ineffable, Dahir attend Çanta et s'abandonne à son désespoir de mourir.

SCÈNE PREMIÈRE

DAHIR.

O Dieux, devant vous je m'incline,
Mais, laissez-moi pleurer de regret et d'amour...
Voici tomber le dernier jour
Derrière l'horizon mouvant de la colline.

Fleuve, forêt, solitude des bois,
Apaisez les sanglots de mon cœur aux abois ;
Pitié pour ce mourant qui naissait à la vie !
A peine éclos, mes songes sont fanés.
Ma jeunesse, au printemps ravie,
Sous les couteaux prédestinés,
Fleurira des roses sanglantes
Qui parent, sur l'autel, les victimes dolentes.
Viril, je chanterai sous le fer meurtrier

Mais en moi l'essaim de mes rêves
   Regrettera les heures brèves
Qui, vers la vierge errante amenant le guerrier,
Ensemble nous berçaient de la rumeur des grèves.
Çanta, divine sœur, amante aux sombres yeux,
Mourir ne serait rien, si nous mourions ensemble,
Si, comme deux oiseaux que leur essor rassemble,
Ton âme auprès de moi gagnait les mêmes cieux !...

Çanta apparaît dans le fond puis disparaît cachée par un tournant du chemin.

    Elle vient !... Ah ! que mon martyre
Lui soit épargné !... Je veux lui sourire.

SCÈNE II

Çanta arrive, débordante de jeunesse et de bonheur de revoir Dahir.

ÇANTA.

Depuis hier j'ai vécu mille jours,
   O bien-aimé vers qui j'accours
Dès que s'allume au ciel la frêle étoile,
Signal heureux qui se dévoile
    A mon œil anxieux,
Dont s'éclaire ma vie et frissonne mon cœur.
Ma main est dans ta main et mon âme en ton âme,
   O bien-aimé Dahir, qui sus
Dans une enfant éveiller une femme.

Alarmée soudain, eu remarquant le visage altéré de Dahir.

Mais je vois un nuage en tes regards déçus !

Angoissée aussitôt, puis affolée.

Qu'ai-je dit, qu'ai-je fait dont tu puisses te plaindre ?
Pardonne Dahir !...

DAHIR, avec tendresse.

Tu n'as rien à craindre,
O femme dont les yeux sont des étoiles d'or
Et qui verses la paix où ma douleur s'endort.

ÇANTA.

La douleur ?..» Tu n'as point de douleur ici-bas :
Ton front est pur, tes yeux sont clairs, ta voix magique
Exempte de sanglots, car ton âme héroïque
Ignore la défaite affreuse des combats.

DAHIR.

Tout le royaume tremble
          Les Dieux se détournent de nous ;
Les peuples que Rama sous son sceptre rassemble
          Implorent le Ciel à genoux.

ÇANTA.

Quel deuil s'est abattu sur le sage monarque ?
Vers les bords de Ganga quel ennemi débarque ?

DAHIR.

La guerre n'a jamais épouvanté Rama :
Il a commis un crime, et demain un jeune homme
Doit périr sur l'autel mystique de Brahma
     Pour racheter le prince et le royaume.

ÇANTA, sans émotion.

Je ne sais si mon cœur se ferme à la pitié,
Mais il ne songe qu'aux tendresses
Que je veux à Dahir prodiguer en caresses.
Le culte filial, le devoir, l'amitié
     Me semblent des paroles vaines ;
Une ardente langueur circule dans mes veines,

Et je ne sais plus rien de funeste : mes pleurs
Sont comme la rosée ineffable des fleurs.

Çanta fait un collier de ses bras au cou de Dahir; celui-ci, en proie à une émotion de
plus en plus violente, qu'il ne peut plus maîtriser, détourne les yeux et pleure.

ÇANTA, éperdue.

Tu pleures!.... Est-ce moi qui fais couler tes larmes ?
Réponds-moi... Mes baisers calmeront tes alarmes.
    Parle...

DAHIR.

De ton âme éloigne tout remord
    Çanta.

Débordant d'angoisse et d'amertume.

Qu'un jour se lève encore
Il me verra mourir... Quand l'ombre descendra
Je répandrai mon sang sur le pilier d'Indra.

ÇANTA, saisie de terreur.

Que veux-tu me dire?...

DAHIR.

Mon père
Abandonne ma vie au prêtre victimaire...
Pour que le ciel pardonne à Rama tout-puissant
    Le forfait dont il est coupable,
C'est moi qui doit mourir sur l'autel frémissant.

ÇANTA, hors d'elle-même.

Fuyons!...

DAHIR, énergique.

Dahir est incapable
D'éviter le trépas au prix du déshonneur
J'ai promis de mourir. Une nuit de bonheur

Est laissée à notre tendresse

Çanta s'évanouit aux pieds de Dahir épouvanté.

Grands Dieux ! pitié de sa détresse.
Je t'aime, Çanta...

     Ne meurs pas !...

Parle-moi !...

     Réponds ! je t'appelle !...
Indra ! grâce pour nous ! grâce surtout pour elle !...
Soustrais ma bien-aimée au noir trépas !...

ÇANTA, faiblement, reprenant ses sens peu à peu.

Mon Dahir ! mourir, toi que j'aime !...

Une convulsion d'épouvante la dresse égarée devant son amant.

DAHIR.

Un délire effrayant monte à sa lèvre blême

ÇANTA, comme hallucinée.

Fuyons ! je sais un val mystérieux
  Les tigres que le soir affame.
  Y vagabondent furieux
Ils seront moins cruels que ton monarque infâme

DAHIR.

Hélas ! je dois rester !...

ÇANTA.

    L'univers est si grand !
Il pourra nous cacher...
    Je sais dans le torrent,
Un sentier sablonneux qui ne garde la trace
  D'aucun pas humain...
     Sois sans crainte ;
Nul, dans l'asile où je te conduirai.
  Ne nous poursuivra.

DAHIR, triste, mais résolu.

J'ai juré
De mourir, enfant!... Je mourrai !...
Aimons-nous !... l'heure fuit !...

ÇANTA, farouche.

Il faut donc que je meure
Puisque tu veux mourir !
Devant l'autel
Nous subirons le même coup mortel
Et l'heure de ta fin sera ma dernière heure !
Je ne pourrais vivre sans toi,
Sans toi, mon bien-aimé, mon amant et mon roi !
Toi par qui je suis née à l'ineffable vie
Des extases et des douleurs...
Toi dont ma lèvre inassouvie
Reçoit le souffle, ainsi que l'arome des fleurs
Une abeille pâmée au sein des lys en pleurs !

Elle éclate en sanglots.
Dahir, en proie lui-même à une agitation croissante, ne lutte plus contre le trouble et
le désespoir... Rien plus n'existe... Tout s'écroule... Les deux amants se jettent
dans les bras l'un de l'autre et se tiennent étroitement embrassés...
Pendant ce temps, le Çudra arrive, comme de très loin ; il semble chercher... puis
enfin apercevant Dahir et Çanta, se précipite vers eux avec les signes d'une joie
manifeste.

SCÈNE III

LE ÇUDRA.

Ne désespérez pas de votre destinée,
Enfants. Je vous cherchais et les Dieux m'ont conduit
Votre âme au deuil abandonnée
Entende mes conseils, aux lueurs de la nuit

A la clarté des étoiles muettes,
Parmi les paisibles retraites
De la forêt, gagnez l'asile saint,
Où médite, effrayant, Viçvamitra, l'ancêtre
Des Brahmes révérés... Il porte dans son sein
L'éternelle lumière... Il vous dira peut-être
Le sort que vous réserve Indra
Maître du monde.

DAHIR ET ÇANTA, se prenant à espérer.

Sois béni, bon Çudra !...

LE ÇUDRA, à Dahir.

Je t'avais dit : Nous nous verrons encore
Le conseil que les Dieux en mon cœur font éclore
M'est inspiré par un génie humain :
C'est lui qui, le long du chemin
Vous escortera vers l'ascète....
Ne tardez plus.... le temps s'enfuit.
Viçvamitra qui désigna ta tête
Au couteau redouté, prie à travers la nuit.
Une lueur surnaturelle émane
Du front radieux du brahmane
Et son rayonnement éblouira vos yeux
Si vous touchez son cœur, il fléchira les Dieux.

Le Çudra disparaît dans les profondeurs de la forêt, Dahir et Çanta réconfortés par
les paroles du Çudra partent, confiants, à la recherche de Viçvamitra.
Le décor change peu à peu, c'est toujours la forêt, mais dans des sites de plus en plus
sauvages et impénétrables...
Symphonie à l'orchestre.
Soudain, une clairière à l'aspect tragique...
Au milieu, debout, effrayant, maigre et décharné, hiératique, prie Viçvamitra.
Dahir et Çanta arrivent par le fond : ils s'arrêtent à distance, pénétrés d'une sainte
horreur à la vue de Viçvamitra, vivant squelette...

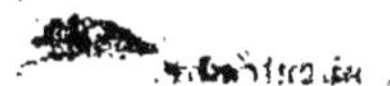

Deuxième Tableau.

SCÈNE IV

DAHIR.

C'est lui... Depuis des mois et des années
                L'extase a revêtu son corps
De l'immobilité surhumaine...
                                            Tournées
Sans cesse vers le Ciel, ses mains prédestinées
Sont des rameaux où chantent les accords
                Des bengalis et des oiseaux mystiques
Qu'ont captivés ses verbes prophétiques.
Approchons, Parlons-lui.....

ÇANTA.

                        Je tremble, il me fait peur
            Et m'éblouit à la fois.

DAHIR.

                O mon père,
            En ta bonté mon deuil espère,
            Ne fais pas notre espoir trompeur.
Tu connais mon destin, tu l'as dicté toi-même.
La jeunesse et l'amour se révoltent en moi,
            Aux sanglots de Çanta qui m'aime,
Sauve-moi de la mort que m'assigne le roi.

. . . .

Viçvamitra demeure impassible et semble ne voir ni entendre.

DAHIR.

Ne répondras-tu point?
                    Entends-moi, sage antique!
          Puisque ton verbe prophétique
       Sait par l'Ether s'élever jusqu'aux cieux,
          Épargne-moi l'avatar odieux.

Viçvamitra garde un moment le silence. Puis d'une voix sans timbre, comme loin-
taine, parle enfin, toujours immobile.

VIÇVAMITRA.

       Faible cœur, mourir, c'est renaître
       Aux sphères de l'immensité.....
       Ne crains pas la mort où ton être
       Revêtira l'immuable beauté.
La vie est un flot vain dans l'éternité vague ;
Le monde d'ici-bas, enfant, n'est qu'une vague.
Le trépas qui te rend l'espace illimité
De l'Univers divin t'ouvre l'immensité.

DAHIR.

O sage, je saurai mourir sans une plainte,
Si tel est mon destin.
                    Mais je songe à l'amour
De Çanta : la douleur dont son âme est étreinte,
Le regret d'un bonheur qui n'a duré qu'un jour,
Tout lui sera tourment, et sa vie est finie,
Si je meurs sans que son trépas l'ait affranchie
De la terre ennemie, au funeste séjour !

VIÇVAMITRA.

L'amour est un vain mot, et l'homme, dans l'espace,
S'agite vainement au gré du vent qui passe.
       Ses sentiments, infimes comme lui,
Ses rêves, ses douleurs, son espoir, son ennui,
Rien ne survit, au sein de l'univers immense
De ce qu'il a nommé l'amour en sa démence.

ÇANTA.

Pitié ! Pitié ! Ta voix me désespère !
    Sois bon et sauve-nous, mon père !

VIÇDAMITRA, ne pouvant plus dominer son émotion.

    D'où vient la pitié qui me touche !
Des souvenirs confus me parlent par ta bouche,
      Ceux de mes antiques printemps.
Quelle force est enclose aux âmes de vingt ans !

Résolument à Dahir.

    Oui, je te sauverai des haches
    Qui devaient désunir vos jours,
Puisque vos fronts exempts de la pâleur des lâches
N'ont tremblé qu'au regret de vos jeunes amours !
Sur le pilier d'airain sois attaché sans crainte,
Dahir.

A Çanta.

    Toi, dis trois fois le nom sacré d'Indra.
    Le dieu satisfait l'entendra ;
Le funèbre Siva dénouera son étreinte,
Ramenant ton amant adoré dans tes bras.

A Dahir.

Puisque tu veux souffrir encore, tu vivras,
    Allez ! La nuit extatique commence.
Oubliez l'univers en votre amour immense !

Viçvamitra rentre dans son impassibilité hiératique.
Les deux amants se retirent pieusement impressionnés, le cœur plein d'espoir et de
reconnaissance.

DAHIR ET ÇANTA.

    Sois béni, vieillard surhumain
    Que les Dévas sur ce chemin
    Opposèrent à nos souffrances !
    Puisses-tu vivre de longs jours

Et donner à tes pensers lourds
L'aile d'or de nos espérances !

Un chœur invisible (la voix de la forêt) reprend le chœur de gratitude des deux
amants.

CHŒUR.

Sois béni, vieillard surhumain
Que les Dévas sur ce chemin
Opposèrent à leurs souffrances.

DAHIR ET ÇANTA AVEC LE CHŒUR.

Puisses-tu vivre de longs jours
Et donner à tes pensers lourds
L'aile d'or de nos espérances !

Rideau.

ACTE TROISIÈME

La scène représente une place publique très vaste, ou l'on achève les préparatifs du sacrifice. A la droite du spectateur, le palais du roi, à gauche, le temple d'Indra avec, en retrait sur le fond, la tour de l'*Annonciateur du jour*, au fond, sur la droite, et formant pan coupé, la masse gigantesque du bûcher; pyramide cyclopéenne dont le sommet va se perdre dans le faîte du théâtre. A mi-hauteur, une plate-forme au milieu de laquelle, très en évidence, une colonne d'airain peu élevée : c'est le pilier du sacrifice.

Un immense degré praticable descend en pente très raide de cette plateforme à une autre élevée seulement de quelques marches, au-dessus du niveau du sol, assez spacieuse et sur laquelle se dresse un petit autel.

Tout à fait dans le fond, vue sur la ville de Mytila.

Il est encore nuit; la lune alternativement brille, entourée d'un halo sinistre dans un ciel pourtant très pur, ou disparaît, voilée par de lourds nuages balayés par le vent. Éclairs intermittents.

Des esclaves tiennent des flambeaux. Des théories de porteurs de présents défilent.

Peu à peu, et durant toute la scène religieuse, arrivent des groupes successifs de gens de toutes castes : radjahs fastueux, fakirs en haillons, nababs, çudras, ascètes... portant tous sur leurs traits tirés par la fatigue d'une longue route, la marque des privations et des souffrances, foule immense faite de tous les peuples de l'Inde, sans cesse accrue et difficilement maintenue par des Ksathryas en dehors de l'enceinte réservée aux prêtres.

SCÈNE PREMIÈRE

LE GRAND-PRÊTRE, Laya,

BRAHMANES, PRÊTRE VICTIMAIRES, LA F ULE.

ENSEMBLE.

Indra, puissant et fort, en signe des pardons.
Qu'en grâce nous te demandons
Indra, puissant et fort, daigne accepter nos dons.

LES PROFANES, nababs, rajahs, etc.

Moi qui gouverne, je supplie
Tout mon orgueil s’humilie,
Mon genou plie

Ils se prosternent, puis ils déposent leurs dons.

ENSEMBLE.

Indra, puissant et fort, en signe des pardons,
Qu’en grâce nous te demandons
Indra, puissant et fort, daigne accepter nos dons.

LES SAINTS.

Moi qui dédaigne, je supplie
Ma sagesse s’humilie
Mon genou plie.

Ils se prosternent.

LE GRAND-PRÊTRE Laya, sur les marches de l’autel, debout.

O profanes, et vous ô, fils de la doctrine !
Dont le front qui médite a creusé la poitrine ;
Richis, hôtes des bois profonds, hylobiens,
Yoghis chers à Brahma, Fakirs pauvres de biens
Mais riches des faveurs que l’Issuren accorde ;
Santons pieux, au ventre étranglé d’une corde,
Vous qui, depuis des mois, allant l’haleine en feu,
Vous offrant demi-nus à la fureur du dieu,
Tendant vers lui l’offrande où s’incrustaient vos ongles,
Franchissant les sommets des monts, courant les jungles,
Jeûnant le jour, marchant la nuit, priant, chantant,
Par votre foi poussés, rien ne vous arrêtant,
Radieux, et passant les fleuves à la nage,
Vous qui touchez au but du saint pèlerinage
O fidèles croyants ! fronts jeunes ou chenus,
Salués par Indra, soyez les bienvenus.

INVOCATION.

Toi qui vois leurs présents, reçois-les
Sur ce bûcher accumulés,
Offrande pauvre ou riche en ta flamme abîmée
Tout sera confondu dans la même fumée.

ENSEMBLE.

Indra, puissant et fort, en signe des pardons,
Qu'en grâce nous te demandons,
Indra, puissant et fort, daigne accepter nos dons.

Pendant qu'ils déposent leurs dons, l'annonciateur du jour chante.

L'ANNONCIATEUR DU JOUR.

D'une clarté surnaturelle
La lune brille dans l'azur,
Et pourtant des brumes sur elle
Etendent un long voile obscur.
O mystères! Aux cieux limpides
Pas un nuage, et cependant
Tout sillonnés d'éclairs rapides
Ils semblent un foyer ardent.

CHOEUR ALTERNÉ, les Brahmes.

Ah! tout homme sage
Le front dans sa main
Y voit un présage!
Méditons Brahmin!...

Un temps.

INCANTATIONS.

UN DEVIN.

Le présage est double!

LES BRAHMES.

Crainte, espoir, ô trouble!
Que sera demain?...

LE GRAND PRÊTRE.

Prions! pour les rites nocturnes,
Apportez les vases sacrés,
Et qu'on allume dans les urnes
Les parfums d'Indra préférés.
En frappant nos mains en cadence
Par des hymnes et par des danses,
Attirons ses mille yeux luisants.
Dans sa félicité parfaite,
Au palais d'Indra toute fête
Réunit les dieux bienfaisants.

SCÈNE II

Les danseuses sortent du temple précédées et suivies de théories de jeunes filles et d'enfants. Pendant les danses et les chants alternés, incantations par les devins et les brahmes.

Les théories se déroulent autour de l'autel et encadrent tour à tour les évolutions pleines de mystère des danseuses.

DANSES ET CHANTS ALTERNÉS.

Maître de l'univers sans borne,
Qui détourne de nous tes regards bienfaisants,
Entend nos douloureux accents ;
Que ton sourire éclaire le ciel morne
Autour de l'autel vénéré
Dansent les bayadères saintes,
Lourdes de fleurs, les tempes ceintes
De pourpre éblouissante, et de lotus sacré.

L'ANNONCIATEUR.

Pour la première fois, du cor sacré je sonne.
Profanes et saints, écoutez !

Cor.

Sous un souffle imperceptible l'aube frissonne,
Et les astres du ciel perdent de leur clarté

CHOEURS ALTERNÉS.

Le Dieu va ce matin révéler sa présence
  Et les signes de sa puissance.

  Père des dieux, l'heure a sonné
Du sacrifice à toi seul destiné.
  Rends-nous ta divine clémence
Et verse-nous la paix du ciel immense.

Nous te prions, Indra, du fond du cœur,
Purifie à jamais notre roi de ses fautes,
De nos toits attristés détourne la rigueur
Rends nos fronts plus sereins et nos âmes plus hautes.

Les danses continuent en s'animant progressivement jusqu'au paroxysme.
Soudain le cor de l'annonciateur retenti ; les danses s'arrêtent brusquement.

L'ANNONCIATEUR.

Pour la seconde fois le cor d'airain
  Déchire la nuit diaphane,
  Inclinez-vous, saints et profanes,
  L'heure est proche du clair matin.

LE CHOEUR (femmes).

Et toi, Lys pur élu des dieux dès le berceau
  Pour l'holocauste expiatoire,
Paré comme une femme et doux comme un agneau,
  Fier de ta mort, de ta victoire,
Dahir ! Dahir ! parais au saint poteau.

Silence. Stupeur !

LA FOULE.

En vain le cor sacré résonne,
Personne ne répond !... Personne !

Dahir n'est pas là...
En vain l'appela
  La voix sacrée.
De peur envahi,
Dahir a trahi
  La foi jurée,
    O fureur !
    O terreur !
    Que va faire
    La colère
      Du Dieu ?...
    La victime
    Légitime
    Rompt son vœu.
C'est encor sur nous misérables !
Que sa fureur s'exercera !
Qui de nous, malheureux, périra !
Il faut du sang aux dieux secourables.
Il faut du sang aux dieux secourables.

L'ANNONCIATEUR.

Peuple à genoux, voici ton Dieu ! voici le jour !

LA FOULE terrifiée, s'attendant à un cataclysme.

Voici le jour !

LES PRÊTRES.

Voici le jour !

SCÈNE III

DAHIR arrivant par le fond.

Voici Dahir !

LA FOULE.

Dahir ! Dahir ! quoi ! de retour !
Dahir ! Dahir ! au sacrifice !
A mort ! A mort ! Meure, Dahir !
Laya, bourreau divin fais ton office !
Ah ! Ah ! Ah ! Ah ! ton enfant va mourir !
A mort Dahir !

SCÈNE IV

Trompettes.
Les portes du palais s'ouvrent toutes grandes, Rama paraît, entouré de sa cour ; Sita est à ses côtés ; il se prosterne à la vue de l'autel, pendant que la foule, portée d'un élan vers le palais, l'acclame désespérément.

LA FOULE.

Rama !! Rama !! Rama !!!
Gloire à toi qui nous fait vivre !
Gloire à toi qui nous délivre.

Rama s'est relevé, et, avec une douleur fière, il s'adresse au peuple.

RAMA.

Je suis le meurtrier de Noûr, et je dévoue
Le guerrier pur désigné par les Dieux
A l'expiation qui fera sur ma joue
S'effacer le sang d'un crime odieux.

A Dahir.

Ton sacrifice volontaire
T'égale à moi, fils de la terre.
Te voici plus grand qu'un Naga !
Va mourir, la mort transfigure !

Qu’Indra, vengé de mon injure
Te donne le bonheur qui dure
Au sein enchanté du Swarga.

DAHIR, avec amertume à Rama.

Tout n’est qu’un songe vain ! Tel fut l’adieu suprême
De mon père béni ! La vie ou le trépas,
Que m’importe ! Plus rien ne m’est rien ici-bas...

SCÈNE V

ÇANTA, arrive, échevelée, hors d’haleine.

Dahir !... ô ciel ! j’arrive à temps !

DAHIR.

Çanta !

ÇANTA.

Moi-même !

LA FOULE.

Quelle est donc cette femme !... Que veut-elle
A Dahir ?... Regardez, qu’elle est belle !

ÇANTA.

Je dormais, tu m’as fui ! Oh ! c’est mal

DAHIR.

Non,... je t’aime !

ÇANTA.

Moi qui dormais... Soudain un chant d’oiseau résonne
Les yeux toujours mi-clos, je te cherche à tâtons.
Personne !

J'appelle ! rien !... Je crie !... encore rien. Parmi
Les branches filtre un ciel pâlissant. Je frémis :
L'air est plus pur, les nids chantent, le bois frissonne,
C'est l'aube ! C'est ta mort !... Sa mort !... Il va mourir !...
D'un bond je suis debout ! Je m'élance !... Où courir !...
Je reviens, je me perds, je cherche, le temps presse !
Des larmes m'aveuglant, mes pas irrésolus
Aux chemins familiers ne se retrouvent plus.
Que faire ? Un dieu m'inspire : Et, hurlant de détresse,
Les yeux rivés au point où je crois qu'on verra
La lueur du bûcher dès qu'il s'allumera,
Je pars vers le poteau fatal, toute tendue.
Je vais, je cours, agonisant, l'âme éperdue.
A chaque pas je tombe, à chaque pas je meurs,
J'invoque Indra, mon Dieu, ma suprême ressource ;
Et mes cris, mes sanglots, mes appels, mes clameurs,
D'une folle épouvante enveloppant ma course,
Tous les fauves surpris dans leur gite et tremblant
S'enfuyaient devant moi qui courais en hurlant :
      Mais, te voilà. Tu vis. Tu vivras.

LA FOULE, (hostile).

Que dit-elle ?
            Elle est folle !
                    Que veut-elle ?...

ÇANTA.

Le sauver !

LA FOULE (ironique).

     Le sauver !!! Ah ! le sauver !
       Tiens regarde !

Çanta cherche, s'égare, puis aperçoit le bûcher.

ÇANTA.

Ah ! Qu'ai-je vu ? C'est affreux ! ce bûcher qui se dresse
Là ! là ! C'est ton bûcher !... O Dahir... ô détresse !

Oh ! moi, je ne veux pas ! Si tu m'as pu chérir,
Arrête ! c'est ton droit, refuse de mourir !

DAHIR.

Ma Çanta, quelle folie !
Non, je ne m'appartiens plus,
Songe au serment qui me lie.
Voici mes jours révolus.

LA FOULE, (brutale).

Il faut qu'il meure ! Il faut qu'il meure !

ÇANTA.

Oh ! cette rage
De vouloir le tuer ! Oh ! les bourreaux !

DAHIR.

Courage.
Il commence à s'éloigner.

ÇANTA.

Dahir ! Dahir !

LA FOULE.

Au sacrifice ! Qu'on abrège
Les rites...
Qu'on l'entraîne...
Il est temps d'en finir.
A Dahir.
Va ! le Dieu n'attend pas,
Hâte-toi de mourir !

SIX HÉRAUTS.

Place au cortège.
Pendant ce temps-là, Dahir s'est livré aux prêtres qui le parent pour le sacrifice.

CANTA.

Que faire ? Ah ! je deviens folle ! C'est effrayant...
Pour le sauver que m'a conseillé le voyant ?
Voilà que je ne sais plus du tout ! ô torture !

à la foule.

Car je dois le sauver, voyez-vous, j'en suis sûre !
Mais j'ai tant de chagrin que j'ai tout oublié.

LA FOULE goguenarde.

Ton voyant n'a rien vu que ton présent.

CANTA à une femme du peuple.

Pitié !

LA FEMME à demi émue.

Folle !

CANTA à un homme.

Pitié !

L'HOMME brutal.

Va-t'en !

CANTA à un vieillard.

Pitié !
Cœur implacable.

Le vieillard se détourne sans répondre.

CANTA à genoux.

Pitié ! pitié ! pitié !

LA FOULE.

Le ciel qui nous accable,
Exige une victime...

ÇANTA.

Eh bien ! Prenez-en deux,
Et votre sacrifice encore plus hideux
Augmentera d'autant votre joie effroyable.

RAMA la repoussant,

Va, pauvre esprit troublé ! va !

ÇANTA accablée.

Peuple implacable !

LA FOULE.

Il faut qu'il meure ! il faut qu'il meure !

DAHIR.

Adieu, ô ma
Çanta.

LA FOULE.

Va-t'en ! va-t'en ! ou redoute Yama !

ÇANTA au roi.

La populace vile
Ou féroce ou servile.
T'adule et veut du sang.
Cédant à sa colère
Vas-tu, pour lui complaire
Frapper un innocent ?
Fais-lui grâce, ô Rama, que ta bonté t'éclaire.

RAMA la repoussant.

Il faut qu'il meure !

DAHIR.

Adieu ô ma
Çanta.

LA FOULE la chassant.

Va-t'en ! va-t'en ! ou redoute Yama.

ÇANTA se traînant vers les prêtres.

Hélas, hélas, j'expire...
Je suis morte à moitié...

A leur chef.

Toi que le ciel inspire
Te montreras-tu pire ?
Seras-tu sans pitié ?

LE GRAND-PRÊTRE, Laya.

La faiblesse humaine,
Vain cœur matériel
N'est pas du domaine
Du ciel.

ÇANTA.

Mais c'est ton fils que tu livres.

LE GRAND-PRÊTRE.

Tout est vain, la mort délivre.

LE CHŒUR DES PRÊTRES.

Il faut qu'il meure.

LA FOULE.

Il faut qu'il meure.

DAHIR,

Adieu, ô ma

Çanta !

LA FOULE.

Va-t'en ! va-t'en ! ou redoute Yama.

LE GRAND PRÊTRE *ordonnant.*

Que le Saint-Glaive...

LA FOULE *au paroxysme de la joie.*

Indra sois satisfait.

LE GRAND-PRÊTRE.

Sur lui se lève...

ÇANTA.

Oh ! douleur, c'en est fait !

ÇANTA, *au moment où le bras va retomber sur le commandement du grand prêtre, qu'elle arrête.*

Non, non, non, non, c'est trop atroce :
Peuple barbare, roi féroce
Sacrificateurs odieux,
Sur les deux enfants que nous sommes.
Puisqu'ainsi s'acharnent les hommes,
Des hommes j'en appelle aux Dieux !!

Silence.

INVOCATION.

O détenteur de la foudre,
O toi qui commandes aux vents
Toi qui joues avec la poudre
Des routes — et des vivants !
Dieu puissant qui te révèles
Par l'éclat de ta splendeur
Qui toujours te renouvelles
Dans ton néant créateur !
Fait d'ombres et de lumières
O maître des vains reflets,
Consolateur des chaumières
Et destructeur des palais !
O toi que le sage adore,

Que redoutent les méchants,
Toi qui berces et toi qui dores
Les épis mûrs dans les champs.
Pourvoyeur de nos citernes
Quand arrive l'âpre été
Toi, devant qui se prosterne
Soudra, Brahme ou Majesté!
Toi, que chante la cigale,
Toi, que chantent les rameaux,
Ta droite, toujours égale,
Nous mesure biens et maux.
Les saisons, le temps, l'espace
Subissent ta volonté
Et voilà qu'on l'outrepasse
O Père de l'équité!
Tu m'as faite pauvre et belle,
Dahir est mon seul soutien,
Mon amour et mon seul bien.
A toi, de toi, j'en appelle.

PRIÈRE.

O Dieu, Dieu vénéré,
Indra, si tu me cèdes
Moi, je te donnerai
Tout ce que je possède
De lourds gâteaux de lait,
Les raisins de nos treilles,
Le miel de nos abeilles,
Cet étroit bracelet,
Mon long voile de soie...
Et les pleurs de ma joie!,..

Elle évoque, les bras levés.

Déchirant.

Indra!

Roulements de tonnerre.

LA FOULE, étonnée.

Ah !

ÇANTA, les bras levés.

Indra !

Des éclairs sillonnent le ciel

LA FOULE, stupéfaite.

Ah !

ÇANTA même jeu.

Indra !

La foudre éclate, la foule tombe la face contre terre, d'épaisses nuées enveloppent l'autel et font presque la nuit sur la scène : mais bientôt le soleil vainqueur brille dans tout son éclat et découvre l'autel détruit.

Dahir, libre, tout en haut du bûcher descend lentement les degrés.

Çanta s'est élancée vers lui; ils se rejoignent à mi-hauteur de la pyramide où ils se tiennent enlacés jusqu'à leur sortie.

LA FOULE, émerveillée et prosternée.

Ah !

ÇANTA.

O Dahir !

DAHIR.

O Çanta !

LA FOULE adorant le couple.

O merveilleux spectacle !
O divine Çanta !
Le Dieu qui l'écouta
Fait pour elle un miracle.

LE GRAND PRÊTRE.

Peuple à genoux !
Le Dieu pardonne

Et que l'exemple étonnant qu'il nous donne
Aux Puranas reste gravé par nous !

RAMA.

Qu'ils soient donc rendus l'un à l'autre.

ÇANTA.

O mon Dahir, que tu m'es cher !

DAHIR.

O ma Çanta, mon bien, ma chair
Tout n'est qu'un songe vain, mais quel songe, le nôtre !

LA FOULE.

Gloire à Çanta, gloire à Dahir !

DAHIR.

Gloire à l'amour !

LA FOULE.

Gloire à l'amour, gloire à l'amour !

RAMA.

Qu'ils aillent librement, qu'ils aillent côte à côte
Unis dans leur tendresse et leur fidélité !
          Qu'ils aillent tête haute
Et que chacun leur soit un hôte
Plein de respect, le Dieu les ayant respectés !
Mon royaume est le leur et qu'il soit comme un temple
          Dressé pour leur divinité.
Qu'ils aillent ! Que chacun les approche et contemple
Ce couple harmonieux, chantant par les chemins,

Ce couple qui s'en va comme un vivant exemple
De ce que peut l'amour contre les maux humains.

Dahir et Çanta sont descendus pendant que parle Rama : sur ses dernières paroles ils sortent enlacés : le Roi, les Prêtres, la Foule les suivent du regard et les acclament.

CHOEUR, tous.

Gloire à Dahir, gloire à l'amour !
Gloire à Çanta, gloire à l'amour !
Gloire à l'amour !

Rideau.

IMPRIMERIE CHAIX, RUE BERGÈRE, 20, PARIS. — 1283-1-07.